A Ilha da Paz
O Reino Além das Ondas

Jéssica Hitz

Estados Unidos
2024

Imprimir

Título do livro: A Ilha da Paz – O Reino Além das Ondas
Autora: Jéssica Hintz

© 2024, Jéssica Hintz
Todos os direitos reservados.

Autora: Jéssica Hintz
Contato: boxingboy898337@gmail.com

CONTEÚDO

Capítulo 1: O Encontro Místico à beira-mar

Capítulo 2: A Chegada do Majestoso Corcel

Capítulo 3: A Cavalgada do Destino

Capítulo 4: Uma corrida para o Castelo de Pedra

Capítulo 5: A Bruxa da Floresta Negra

Capítulo 6: Perdido na Natureza

Capítulo 7: A Ajuda do Estranho

Capítulo 8: Os laços invisíveis do amor

Capítulo 9: Um lugar de conforto

Capítulo 10: Um vislumbre de esperança

Capítulo 11: A Melodia Encantadora

Capítulo 12: Uma Reunião Alegre

Capítulo 13: Aviso de um amigo

Capítulo 14: Uma Celebração no Sea Castle

Capítulo 15: Viagem ao Desconhecido

Capítulo 16: Esquemas nas Sombras

Capítulo 17: Descobertas Encantadas

Capítulo 18: A Lenda do Reino Pacífico

Capítulo 19: Uma Reunião Alegre e um Casamento Real

Capítulo 20: Um Casamento para Unir Dois Mundos

Capítulo 21 Uma Ascensão Real

Capítulo 22: A Viagem de Despedida

Capítulo 23: Um Encontro Real

Capítulo 24: A Visita da Rainha e o Tratado de Paz

Capítulo 25: Um Reino de Harmonia Duradoura

Capítulo 1: O Encontro Místico à Beira-Mar

Rosemary Evans vagou ao longo da costa, os tons dourados do sol poente lançando um brilho quente no horizonte infinito de ondas cintilantes. Enquanto caminhava, seus olhos permaneciam fixos no grande Castelo do Mar que se erguia orgulhosamente à distância, com suas elegantes torres erguendo-se contra o céu. Era o domínio de seu pai, uma propriedade majestosa com vista para o vasto e agitado oceano. No entanto, apesar da beleza da cena e das riquezas em que ela nasceu, um sentimento de desconforto permaneceu em seu coração.

Ela era filha única de Sir Gerald Evans, um homem cujo nome era sinônimo de riqueza e influência na Inglaterra. No entanto, apesar da sua vida privilegiada, Rosemary encontrou pouca alegria no recente novo casamento do seu pai com a viúva do conde de Pearlsbury. A união, embora celebrada pela sociedade, deixou Rosemary com uma sensação torturante de solidão.

A mãe dela, Lady Evans, morreu quando Rosemary tinha apenas dez anos. Desde aquela perda trágica, seu pai tinha sido sua única fonte de conforto e companheirismo. As memórias da sua mãe ainda a assombravam e agora, a presença de outra mulher na vida do seu pai apenas aprofundou o seu sentimento de abandono. Pela primeira vez em anos, ela se sentiu à deriva, com o coração ansiando pelo amor e pela atenção que antes eram tão abundantes.

Lágrimas brotaram dos olhos de Rosemary enquanto ela caminhava pela praia, seus pensamentos nublados pela solidão que ela começava a sentir mais intensamente a cada dia que passava. Ela sussurrou uma oração silenciosa a Deus, pedindo paz, consolo, algo para aliviar a dor em seu coração.

Enquanto ela continuava sua caminhada, seu olhar foi atraído para algo incomum perto da beira da água. Ela parou e semicerrou os olhos para a luz fraca, tentando entender a estranha visão diante dela. Ali, deitado na areia úmida, estava um pequeno cavalo-marinho exausto, com seu corpo delicado mal se movendo. Ao lado dela, quase como se tivesse sido colocada ali intencionalmente, havia uma pequena caixa ornamentada.

Com a curiosidade despertada, Rosemary se abaixou e levantou a caixa com cuidado. No momento em que seus dedos tocaram a superfície lisa, um calor estranho pareceu irradiar dela, e antes que ela pudesse compreender completamente o que estava acontecendo, o cavalo-marinho começou a brilhar. Brilhou intensamente, quase cegando-a. A luz era tão intensa que ela teve que fechar os olhos, incapaz de suportar o brilho.

Quando ela os abriu novamente, mal pôde acreditar no que viu. No lugar do cavalo-marinho havia um magnífico cavalo branco, com a pelagem brilhando como neve na luz fraca. A criatura era alta, elegante e exalava uma sensação de graça e força. Rosemary congelou por um momento, o coração disparado no peito. Uma onda de medo tomou conta dela, embora ela não conseguisse explicar por quê. O cavalo era lindo, mas seu aparecimento repentino, aliado ao brilho estranho, deixou-a inquieta.

"Eu imaginei isso?" ela pensou, tentando racionalizar o momento. "Talvez tenha chegado agora mesmo, num piscar de olhos."

Respirando fundo, Rosemary afastou o pânico momentâneo e olhou ao redor. A costa estava vazia, sem sinal de alguém por perto que pudesse ter reivindicado o cavalo. Parecia, impossivelmente, pertencer a ninguém além dela. Tentativamente, ela estendeu a mão e colocou a mão no pescoço macio e aveludado do animal. O cavalo relinchou baixinho em resposta, como se reconhecesse seu toque e o acolhesse.

Uma sensação de paz tomou conta dela, e a ansiedade que a dominara momentos atrás começou a desaparecer. Ela não conseguia deixar o cavalo para trás. Era lindo demais, gentil demais, e ela sentiu uma ligação inexplicável com ele, como se estivesse esperando por ela o tempo todo. Com uma última olhada na caixa misteriosa, que ainda segurava na mão, ela decidiu levar o cavalo consigo.

Enquanto ela voltava para o Castelo do Mar, o cavalo branco a seguiu silenciosamente, com os cascos suaves contra a areia. Rosemary olhou por cima do ombro e ficou surpresa ao ver que o objeto ainda estava lá, atrás dela como se tivesse sido seu o tempo todo. Ela não tinha ideia de onde veio ou por que apareceu, mas sentiu uma estranha sensação de propósito enquanto o conduzia pelo caminho em direção aos portões do castelo.

O cavalo, embora grande e imponente, não parecia ter nenhum sinal de ameaça. Em vez disso, movia-se com uma graça calma, a sua presença tranquilizadora de uma forma que Rosemary não conseguia explicar. Ela sorriu ao tocar novamente o pescoço do animal, sentindo uma conexão que transcendia a lógica ou a razão. Era como se ela tivesse encontrado uma companheira, uma amiga, nesta magnífica criatura.

O ar da noite estava fresco quando Rosemary se aproximou do castelo, mas o calor da presença do cavalo manteve-a reconfortada. Foi um momento estranho e mágico, que parecia confundir a linha entre a realidade e algo mais fantástico. Mas naquele momento, Rosemary não questionou. Ela simplesmente aceitou, deixando-se envolver pela magia do encontro.

Ao entrar no castelo, o cavalo a seguiu sem hesitação, os cascos ecoando no chão de pedra. O coração de Rosemary encheu-se de uma mistura de admiração e gratidão. Ela veio para a praia em busca de consolo e, de alguma forma, da maneira mais inesperada, ela o encontrou. Ela não tinha certeza do que o futuro reservava ou por que o cavalo havia aparecido, mas sabia que, pela primeira vez em muito tempo, não se sentia tão sozinha.

O cavalo permaneceu em silêncio ao lado dela, a cabeça voltada para ela como se estivesse esperando seu próximo movimento. Ela colocou a caixa cuidadosamente sobre uma mesa próxima e acariciou a crina do cavalo. Os fios macios e sedosos deslizaram por entre seus dedos como uma brisa suave. Foi então que ela percebeu que o cavalo não era apenas uma criatura bonita – era algo mais. Um símbolo de algo maior, algo que ela ainda não conseguia entender.

O brilho mágico do cavalo-marinho, a aparência do cavalo, a caixa – tudo parecia um sonho, ou talvez um sinal. Mas fosse o que fosse, Rosemary sabia que sua vida havia mudado naquele momento fugaz na praia. A tristeza e a solidão que antes a consumiam pareciam ter desaparecido, substituídas por uma nova sensação de admiração e possibilidade.

À medida que a noite chegava ao fim e os últimos raios de sol desapareciam além do horizonte, Rosemary não pôde deixar de sentir uma centelha de esperança brilhar em seu coração. O cavalo, agora parte de seu mundo, permaneceria ao seu lado, oferecendo-lhe força e companheirismo nos dias que viriam. Ela não tinha certeza de onde a jornada iria levá-la, mas pela primeira vez em muito tempo, ela estava pronta para abraçar o que viesse a seguir.

E à medida que o castelo assomava diante dela, com as torres escurecendo no crepúsculo, Rosemary Evans sabia que a sua vida, embora complicada e incerta, tinha tomado uma reviravolta extraordinária. A costa lhe deu um presente – um presente que a levaria a um futuro cheio de mistério e magia.

Capítulo 2: A Chegada do Majestoso Corcel

Os portões do Sea Castle se abriram quando Rosemary Evans chegou com o magnífico cavalo branco ao seu lado. Os guardas, há muito habituados às idas e vindas da propriedade, ficaram surpresos ao ver a elegante criatura que a seguia. Foi um espetáculo impressionante — um espetáculo que eles nunca haviam testemunhado antes — e seus rostos se iluminaram de alegria ao verem Rosemary se aproximar.

"Senhorita Rosemary!" um dos guardas gritou enquanto dava um aceno respeitoso. "Que cavalo maravilhoso você trouxe hoje."

Rosemary ofereceu um sorriso gracioso e retribuiu a saudação. "Encontrei este cavalo à beira-mar", explicou ela. "Não havia ninguém por perto, então decidi trazê-lo para cá. Parece ser manso e bastante inteligente. Confio que você o tratará com gentileza e cuidará dele."

"Ao seu serviço, senhorita!" os guardas responderam em uníssono, curvando-se profundamente diante dela. A admiração deles tanto pelo cavalo quanto por Rosemary era clara. Eles ficaram de lado quando ela passou por eles, movendo-se com elegância silenciosa em direção às portas do castelo, o cavalo seguindo logo atrás dela.

Uma vez lá dentro, Rosemary deu instruções aos cavalariços para tratarem o cavalo com o máximo cuidado. "Quero-o cuidadosamente preparado", disse ela, "e equipado com a melhor sela, estribos e acessórios combinando em um branco brilhante. Quero-o pronto para andar em uma semana." Ela falou com um ar de autoridade silenciosa, e os homens concordaram com a cabeça, ansiosos para seguir suas ordens.

Com os cuidados do cavalo resolvidos, Rosemary retirou-se para seu quarto para guardar a misteriosa caixa que havia encontrado ao lado da criatura. Ela o colocou cuidadosamente entre suas outras joias preciosas, trancando-o em um pequeno baú com a chave escondida em segurança. Rosemary não se atreveu a abrir a caixa — pelo menos ainda não. O estranho brilho do cavalo-marinho e o súbito aparecimento do cavalo branco deixaram-na com suspeitas que não podia ignorar. O que a caixa continha? Havia algo mais no cavalo do que ela imaginava?

Ela não sabia, mas ainda não estava pronta para descobrir seus segredos.

Enquanto isso, o cavalo era tratado como realeza pelos cavalariços. As instruções de Rosemary foram claras e eles não pouparam esforços para mimar a magnífica criatura. Ele foi alimentado com a melhor comida dos estoques do castelo e sua pelagem foi polida com perfeição. O cavalo branco rapidamente se tornou invejado pelos demais cavalos do estábulo, destacando-se por sua beleza e graça imaculadas. Era impossível não notar a aura de elegância que carregava – uma aura que parecia elevar o ar ao seu redor.

Naquela noite, o castelo estava cheio de excitação. Um novo convidado, um convidado real, havia chegado, e não era surpresa que a presença do cavalo fosse o assunto da propriedade. Sir Gerald Evans, pai de Rosemary, e sua nova noiva, Lady Evans, foram os primeiros a admirar a criatura.

"Que animal magnífico, meu querido", disse Sir Gerald, com os olhos arregalados de admiração enquanto observava o cavalo. "Devo dizer que nunca vi nada parecido."

Lady Evans, sorrindo calorosamente, acrescentou: "É uma beleza. Obrigada, Rosemary, por trazê-lo para nossas vidas. Será uma adição esplêndida ao castelo."

Rosemary sentiu um breve momento de orgulho, mas foi rapidamente ofuscado pela presença de Lady Evans. Apesar dos elogios, havia algo perturbador nas palavras de sua nova madrasta, e a constante lembrança das mudanças em sua vida tornava difícil aproveitar plenamente o momento.

Mais tarde, quando a família se reuniu no grande salão do castelo, a conversa voltou-se novamente para o cavalo. Lady Evans, com os olhos brilhando de excitação, expressou seu desejo de montar o animal com Sir Gerald. "Não seria maravilhoso, Gerald?" ela disse. "Uma criatura tão majestosa deveria ser montada, você não acha?"

Rosemary sentiu uma pontada de desconforto no peito. O cavalo estava tão calmo com ela, mas a ideia de outros montando nele parecia perturbá-la. Havia algo nele que parecia tão único, tão frágil, que ela não conseguia afastar a sensação de que deveria ser mantido seguro. Ainda assim, ela não queria parecer excessivamente protetora, então hesitou antes de responder.

"Parece bastante amigável", disse Rosemary, tentando mascarar sua preocupação. "Mas talvez devêssemos dar algum tempo para se instalar. Ainda é novo no castelo."

Laura, a governanta, que estava parada em silêncio ao fundo, falou de repente. "Não tenho tanta certeza sobre essa ideia", disse ela, com a voz firme e cética. "Esse cavalo pode ser selvagem, apesar de seu comportamento calmo. É sempre melhor ser cauteloso com esses animais."

Rosemary virou-se para ela. "Mas parece tão gentil", ela rebateu, tentando tranquilizar Laura. "Não tive nenhum problema com isso."

Laura ergueu uma sobrancelha. "Já vi cavalos suficientes em minha época para saber que as aparências enganam. Você pode querer repensar isso."

"Acho que podemos confiar", disse Rosemary, com um tom mais confiante agora. "Tenho certeza de que tudo ficará bem. Pai, você não concorda?"

Sir Gerald, que estava ouvindo em silêncio, finalmente falou. "Acho que Rosemary está certa", disse ele, com a voz calma, mas autoritária. "Vamos dar uma chance. Se for bem comportado, então não há mal nenhum em deixar Lady Evans dar uma volta."

Rosemary sorriu aliviada, feliz por seu pai ter ficado do lado dela. Ela olhou para Laura, que parecia pouco satisfeita, mas não havia nada que pudesse fazer. A decisão estava tomada.

Lady Evans, emocionada com a aprovação, bateu palmas. "Maravilhoso! Faremos planos para montá-lo amanhã. Mal posso esperar para dar uma volta em um cavalo tão esplêndido."

Rosemary percebeu que a madrasta já se imaginava montada no cavalo, mas parte dela permanecia inquieta. Ela não conseguia afastar a sensação de que o cavalo era dela, que pertencia somente a ela. Mesmo assim, ela manteve seus pensamentos para si mesma e tentou aproveitar a noite.

Durante o resto da noite, o castelo ficou cheio de conversas e risadas. O cavalo tornou-se o centro das atenções, admirado por todos que o viram. Rosemary não pôde deixar de sentir uma estranha mistura de orgulho e proteção, mas também não pôde negar que a beleza da criatura trouxera uma sensação de alegria ao castelo que estava desaparecido há algum tempo. Sir Gerald pareceu satisfeito, Lady Evans ficou encantada e os convidados que se reuniram para a noite admiraram a elegância e graça do cavalo.

No entanto, em meio a toda a agitação, havia uma pessoa que permanecia silenciosa e um tanto distante: Laura, a governanta. Sua desaprovação era clara, mas não tinha consequências. O espírito lúdico da família Evans assumiu o controle e a noite foi repleta de risadas e promessas de novas aventuras. Para todos, exceto para a governanta, foi uma noite maravilhosa no Castelo do Mar.

À medida que a noite avançava, Rosemary retirou-se para seu quarto, sua mente fervilhando de pensamentos sobre o cavalo branco. Ela não tinha ideia do que aconteceria a seguir, mas tinha certeza de uma coisa: sua vida havia mudado no momento em que o encontrou na praia, e ela não tinha certeza de onde essa estranha jornada a levaria.

Capítulo 3: A Cavalgada do Destino

Depois de uma semana de cuidados e treinamento meticulosos, o dia finalmente chegou. O cavalo, cuidadosamente monitorado e preparado para a viagem, estava pronto para a primeira cavalgada. Rosemary acordou antes do amanhecer, sua expectativa era palpável enquanto fazia os preparativos para o dia seguinte. Suas criadas ajudaram-na a vestir seu traje de viagem: roupas leves e confortáveis, adequadas para um passeio, com uma capa sobre os ombros para protegê-la do frio da manhã. Ela deu algumas instruções finais, garantindo que tudo estava em ordem para o passeio que tinha pela frente, antes de sair.

Sua governanta, Laura, já estava se preparando para cavalgar também. A governanta tinha sido a companheira constante de Rosemary desde que ela era uma menina, cavalgando ao lado dela em todas as excursões desde o primeiro passeio de pônei de Rosemary, aos treze anos de idade. Ela era uma mulher severa, sempre atenta à segurança de Rosemary, principalmente quando se tratava de cavalgar. Mesmo agora, depois de todos estes anos, Laura continuava tão cautelosa como sempre, determinada a não deixar Rosemary cavalgar demasiado depressa por receio de se ferir.

Acompanhados por dez dos seus homens armados, cujo único objectivo era proteger as senhoras, partiram em viagem. Os homens eram bem treinados, capazes de defender as senhoras se necessário, mas sabiam que o seu dever principal era garantir a segurança de Rosemary e da sua governanta. A trilha que seguiram era sinuosa e serena, ladeada por árvores altas de ambos os lados, seus galhos lançando sombras suaves no chão.

Ao iniciarem a viagem, Rosemary não pôde deixar de notar a beleza serena do início da manhã. A névoa, ainda pairando no ar, dissipou-se lentamente com o calor dos raios do sol. As flores ao longo da trilha também pareciam despertar, com cores mais vivas e aromas mais perfumados, como se também estivessem cumprimentando Rosemary. Pequenas gotas de orvalho grudavam nas folhas das árvores, brilhando à luz do sol, fazendo a cena parecer mágica, quase de outro mundo. Era como se a própria natureza a estivesse abençoando e, por um breve momento, ela se sentiu em paz com o mundo.

Montar o cavalo era diferente de tudo que Rosemary já havia experimentado antes. A viagem foi suave, quase sem esforço, e o animal parecia deslizar pelo terreno com uma graça ao mesmo tempo encantadora e surreal. Pela primeira vez na vida, Rosemary sentiu uma conexão profunda com a criatura abaixo dela. Era como se o cavalo fosse uma extensão dela mesma, movendo-se em perfeita harmonia com todos os seus pensamentos e desejos.

Ela olhou por cima do ombro para ver a governanta e os homens seguindo atrás. Laura, como esperado, não conseguiu acompanhar o ritmo de Rosemary. A governanta estava chamando-a, pedindo-lhe que diminuísse o ritmo. "Rosemary, por favor!" A voz de Laura ecoou pelo ar, tingida de preocupação. "Você deve diminuir a velocidade! Pode ser perigoso!" Suas palavras estavam repletas da mesma cautela que caracterizava todos os passeios desde que Rosemary era criança.

Mas Rosemary, tomada pela alegria do momento, mal a ouviu. "Deve ser um cavalo selvagem", Laura murmurou baixinho, sua preocupação crescendo a cada momento que passava.

Rosemary, porém, não sentiu medo. Ela não entendia por quê, mas sabia, no fundo, que o cavalo não iria machucá-la. Era como se ela e o cavalo compartilhassem um vínculo tácito, uma confiança forjada nos momentos tranquilos que passaram juntos. Mas à medida que a distância entre eles aumentava e os gritos da governanta se tornavam mais distantes, o coração de Rosemary acelerou com uma sensação de desconforto. Será que o cavalo era realmente selvagem? Ou foi algo mais – algo que a conectou a forças além de sua compreensão?

A cavalgada continuou e Rosemary logo estava vários metros à frente da governanta e dos homens. O mundo ao seu redor parecia se confundir enquanto o cavalo se movia mais rápido, seus cascos batendo na terra com precisão rítmica. Quanto mais avançavam, mais Rosemary sentia uma atração inexplicável, como se algo os guiasse, empurrando-os para um destino desconhecido.

De repente, o ritmo do cavalo acelerou, sua velocidade tornando-se quase sobrenatural. Antes que Rosemary pudesse reagir, a criatura desviou-se do caminho, galopando num ritmo tão rápido que foi como se o próprio vento tivesse tomado conta deles. Rosemary agarrou as rédeas com mais força, mas o cavalo parecia estar no controle total, levando-os ainda mais para dentro da floresta a uma velocidade alarmante. Para sua surpresa, porém, ela não sentiu o pânico habitual que acompanharia uma viagem tão rápida. Na verdade, ela não se sentia cansada ou sem fôlego. O cavalo parecia mover-se sem esforço, como se fosse guiado por uma força invisível.

Depois do que pareceu uma eternidade, o cavalo finalmente parou sob a copa de um grande carvalho no meio da floresta. Rosemary, embora abalada, não se assustou. Ela desmontou lentamente, seus pensamentos eram um turbilhão de confusão. O que acabou de acontecer? A floresta ao seu redor parecia estranhamente silenciosa, o ar pesado com uma presença silenciosa. Ela ficou ali por um momento, tentando entender o que havia acontecido.

De repente, um clarão de luz brilhante apareceu diante dela e uma voz suave e melodiosa encheu o ar. A voz chamou seu nome – clara, doce e musical, como se estivesse flutuando na brisa.

"Rosemary... Rosemary..." cantou a voz, ecoando pelas árvores.

Assustada, Rosemary olhou em volta, tentando localizar a origem da voz. "Quem é esse?" ela gritou, seu coração disparado. "O que está acontecendo? O que você quer de mim?"

A voz respondeu, suave e calma. "O Cavalo-marinho é seu, Rosemary. Você é seu legítimo dono, enquanto estiver destinada a ser glorificada na Ilha da Paz. Não tenha medo. Mantenha-o com você, pois ele partirá quando sua missão estiver completa."

Rosemary ficou imóvel, lutando para processar as palavras. "Que missão?" ela perguntou, sua voz tremendo de incerteza.

"A caixa de pérolas que você tirou do cavalo é o símbolo de uma promessa", explicou a voz. "Uma promessa que trará glória e riqueza ao povo da Ilha da Paz. Mas cuidado. A Bruxa da Floresta Negra procura roubá-la de você, e ela contou com a ajuda de Sir Gray Winkle, que é convidado para o baile esta noite. Você deve pegar a caixa e guardá-la no Castelo de Pedra de seu pai, em meio à floresta sempre verde onde você morou com sua mãe.

A voz fez uma pausa e acrescentou: "Você deve fazer isso sozinho. Não saia do caminho até chegar ao castelo. Não confie isso a mais ninguém."

A voz estava desaparecendo agora, suas palavras finais pairando no ar como uma bênção. "A ajuda chegará até você, Rosemary. E com o tempo, você encontrará seu verdadeiro amor. Que o sucesso seja seu. Deus esteja com você."

Com isso, a luz desapareceu e a voz silenciou. Rosemary estava parada na floresta tranquila, com o coração batendo forte no peito. Ela olhou em volta, ainda processando o incrível encontro.

De repente, uma sensação de urgência tomou conta dela. Ela precisava retornar ao Castelo do Mar antes que fosse tarde demais.

Ela se virou e correu de volta pelo caminho, com os pensamentos acelerados. No momento em que reapareceu na trilha, viu sua governanta e os homens que a procuravam desesperadamente. O alívio deles foi palpável quando a avistaram e rapidamente se alinharam atrás dela enquanto ela voltava para o Castelo do Mar. A governanta, embora visivelmente abalada, ficou radiante ao ver Rosemary ilesa.

Enquanto voltavam para o castelo, Rosemary não pôde deixar de se perguntar: o que tinha acontecido? Qual foi a missão para a qual ela foi escolhida? E o mais importante: quem era a voz que falou com ela na floresta?

Uma coisa era certa: sua vida havia mudado para sempre. E uma nova jornada estava apenas começando.

Capítulo 4: Uma corrida para o Castelo de Pedra

Quando o sino do jantar tocou nos corredores do Sea Castle, Rosemary entrou silenciosamente, mas seus pensamentos estavam longe do jantar. Com um senso de urgência, ela contornou a grande sala de jantar e dirigiu-se diretamente para seu quarto privado. O ar estava pesado com o peso de sua decisão, e cada passo que ela dava parecia um passo em direção a um destino incerto.

Uma vez no quarto, Rosemary não perdeu tempo. Ela foi direto até o baú que ficava ao pé da cama, aquele onde ela havia escondido a Caixa de Pérolas. Com mãos delicadas, ela abriu o baú e pegou a caixa. Ela o embalou suavemente, como se fosse a coisa mais preciosa do mundo. Sua superfície fria era reconfortante contra sua pele, mas o peso de seu significado era muito mais premente. Depois de alguns momentos de hesitação, ela enfiou a caixa no bolso fundo da capa, certificando-se de que estava segura.

Sua mente disparou enquanto ela estava parada perto da porta, seus olhos piscando para o corredor além. Seu coração batia forte, uma mistura de medo e determinação se instalando em seu peito. Ela havia recebido uma tarefa – uma missão importante – e agora não havia como voltar atrás.

Mas antes de sair, Rosemary parou. Ela se voltou para o quarto, para a linda cruz pendurada na parede. Caindo de joelhos, ela fechou os olhos e rezou. As palavras saíram de seus lábios com uma urgência que combinava com a tensão em seu coração.

"Por favor, Deus," ela sussurrou, sua voz tremendo ligeiramente. "Se esta não for a Sua vontade, pare-me. Mas se for, conceda-me forças para ir até o fim. Proteja-me e proteja o povo da Ilha da Paz." Suas palavras eram simples, mas carregavam o peso do mundo. Ela orou por orientação, clareza e coragem para enfrentar o que quer que estivesse pela frente.

Quando ela terminou, ela se levantou, sua determinação solidificada. Ela respirou fundo, enxugou as dúvidas remanescentes e caminhou em direção à porta.

Quando ela entrou no corredor, sua governanta apareceu na esquina. Ela estava esperando ansiosamente e seu rosto imediatamente mostrou preocupação.

"Está tudo bem, minha senhora?" — perguntou a governanta, olhando Rosemary atentamente.

Rosemary forçou um sorriso, mascarando a incerteza que a agitava dentro dela. "Sim, está tudo bem. Só preciso cuidar de algo importante, mas voltarei em breve. Eu prometo."

A governanta ergueu uma sobrancelha, mas não disse mais nada. Rosemary sabia que precisava manter a fachada, seguir em frente como se nada tivesse mudado.

Antes que ela pudesse passar pela governanta, a voz de seu pai a chamou do outro lado do corredor. "Rosemary, onde você vai tão tarde da noite?" Seu tom era caloroso, mas seus olhos continham um brilho de preocupação.

Sem perder o ritmo, Rosemary virou-se para ele. "Estou indo para o Rock Castle, pai. Há algo que devo atender.

A testa de Gerald franziu-se em confusão. "Mas você não comeu desde o amanhecer, minha querida. Você deve estar morrendo de fome depois de uma viagem tão longa."

"Vou ficar bem, pai", disse Rosemary com sua voz doce e melódica. "Voltarei para o baile mais tarde. Não se preocupe comigo. Ela sorriu afetuosamente, um sorriso que continha o mesmo calor e charme de sempre. Então, com uma reverência graciosa, ela girou nos calcanhares e caminhou rapidamente em direção à porta.

Seu pai a observou por um momento, sua preocupação ainda palpável, mas não a questionou mais. Confiando implicitamente na filha, ele permitiu que ela fosse.

Enquanto Rosemary caminhava pelo corredor e saía do castelo, os homens de seu pai tentaram segui-la, preocupados com sua jornada solitária. No entanto, ela os deteve, com a voz firme, mas gentil. "Não há necessidade de me acompanhar. Devo fazer isso sozinho.

Eles hesitaram, mas acabaram respeitando seus desejos, embora continuassem a observar à distância. Eles não eram páreo para sua velocidade, e logo ela estava fora de vista, cavalgando mais rápido do que eles conseguiam.

De volta ao castelo, Gerald estava na janela, olhando para a noite. Sua mente estava perturbada, um nó de desconforto se formando em seu peito. Ele enviou homens para seguir Rosemary, mas eles voltaram sem ela. Eles não conseguiam acompanhá-la a cavalo, e isso o perturbava profundamente.

Em seu coração, Gerald sabia que algo estava diferente nesta jornada. Rosemary não iria apenas para o Rock Castle, como havia afirmado. Ela estava correndo em direção a algo – algo desconhecido, mas inegavelmente urgente.

Com o coração pesado, ele enviou seus homens à frente para o Castelo Rochoso para esperar seu retorno. Havia pouco que ele pudesse fazer exceto esperar e rezar pelo seu retorno seguro.

Capítulo 5: A Bruxa da Floresta Negra

Enquanto isso, nas profundezas da Floresta Negra, a Bruxa da Floresta estava curvada sobre sua bola de cristal, com os olhos fixos na imagem que aparecia diante dela. Ela gargalhou, sua voz ecoando pelas árvores como uma tempestade distante.

"Ah, minha rival", disse ela, com a voz cheia de malícia enquanto observava Rosemary cavalgando rapidamente durante a noite. A Caixa de Pérolas, brilhando suavemente na capa de Rosemary, chamou sua atenção, e o sorriso da bruxa se alargou.

"Minha presa", ela sibilou, sua voz cheia de sarcasmo. "Você acha que pode me frustrar? Vou fazer você correr loucamente entre seus castelos, enquanto Sir Winkle procura por você em vão."

Ela riu cruelmente, sua voz era um rugido estrondoso que sacudiu o chão abaixo dela. "Assim que a caixa for minha, governarei a Ilha da Paz! Seu povo será meu escravo, e seus animais, meu banquete. Esta ilha, com suas riquezas encantadas, será minha!"

A risada da bruxa encheu o ar, abafando os sons da floresta, como se a própria floresta tremesse com suas intenções perversas.

Seus olhos brilharam de raiva enquanto ela observava Rosemary cavalgando sozinha, sem perceber os perigos que se aproximavam dela. "Você é apenas um verme sob meus pés", zombou a bruxa, "que logo será esmagado sob o peso do meu poder."

Ela se inclinou para mais perto da bola de cristal, os dedos curvados em antecipação. Tudo estava se encaixando. A Caixa de Pérolas logo seria dela e, com ela, a chave para seu domínio sobre a Ilha da Paz.

Enquanto Rosemary acelerava em direção ao seu destino, os olhos da bruxa ardiam de fúria. Seus planos não falhariam. Não desta vez.

Capítulo 6: Perdido na Natureza

Rosemary galopou pela floresta em direção ao Rock Castle, a poucos quilômetros do mar. O caminho que seguiu lhe era familiar: uma estrada antiga e sinuosa que cortava o coração da floresta e levava ao Castelo. Enquanto cavalgava, ela não pôde deixar de admirar a beleza intocada da floresta, suas árvores imponentes e sua folhagem espessa balançando com a brisa fresca. Era uma visão que ela já vira inúmeras vezes, mas hoje parecia mais vívida, mais viva. A sensação de liberdade que isso lhe proporcionava era muito mais estimulante do que a visão de sua carruagem, que em comparação parecia uma mera jaula.

Mas no meio do seu devaneio, ela esqueceu as instruções que havia recebido. Um lampejo de movimento chamou sua atenção: uma lebre branca e elegante saltando graciosamente pelo caminho. Sem pensar duas vezes, ela esporeou o cavalo, com a mente consumida pela ideia de persegui-lo. Para ela, a caça era uma forma de saborear a doçura da liberdade, a alegria de ser desenfreada, sem obrigações reais que a pesassem.

Ela incitou o cavalo a avançar, saltando do dorso para correr atrás da lebre, com o coração batendo forte de excitação. Ela sempre se considerou um espírito livre, alguém intocado pelas restrições de seu nascimento nobre. Mas ela mal sabia que esta decisão impulsiva logo a levaria ao perigo, uma armadilha preparada por forças muito mais sombrias do que ela poderia ter imaginado.

A perseguição durou apenas alguns momentos antes que a lebre disparasse para um matagal, desaparecendo de sua vista. Rosemary parou, sem fôlego e momentaneamente desorientada. Ela olhou ao redor, tentando recuperar o rumo. A estrada que ela estava seguindo agora se tornou difícil de rastrear, obscurecida pela densa vegetação rasteira e pelas vinhas retorcidas. Foi estranho – ela nunca havia demorado tanto para chegar ao Castelo antes. A floresta, antes familiar, agora parecia vasta e agourenta.

Seu coração afundou quando ela percebeu que havia se perdido. Ela estava agora nas profundezas da floresta, longe do Castelo de Pedra e do Castelo do Mar. O pôr do sol estava se aproximando e ela sabia que não havia como chegar a nenhum dos lugares antes de escurecer. O desespero começou a agarrá-la enquanto ela permanecia impotente, sem saber que direção tomar. Seu peito se apertou de ansiedade quando ela começou a chorar, rezando desesperadamente por orientação, por algum sinal que lhe mostrasse o caminho.

Assim que ela perdeu as esperanças, um som baixo e estrondoso alcançou seus ouvidos. Era o som de cães de caça, e eles se aproximavam a cada segundo que passava. Seu coração pulou na garganta e o pânico percorreu suas veias. Os cães estavam a apenas alguns metros de distância agora, seus rosnados e rosnados ficando cada vez mais altos. Ela podia ouvir o estalar de suas mandíbulas, famintas e cruéis. Rosemary gritou por socorro, com a voz trêmula de terror.

Capítulo 7: A Ajuda do Estranho

Os cães estavam quase em cima dela quando ela fechou os olhos, preparando-se para o inevitável. Mas assim que sentiu o primeiro toque de medo, ouviu algo que a fez abrir os olhos, incrédula. Uma voz – forte, calma e autoritária – falou da escuridão.

"Fique para trás!" a voz ordenou.

E ali, de pé entre Rosemary e os cães que se aproximavam, estava um jovem, com a espada erguida bem alto. Ele era um guerreiro e, com cada golpe poderoso de sua lâmina, causava medo na matilha de cães. Os cães, embora ferozes, encolheram-se diante do seu poder. Eles tentaram atacar, mas ele enfrentou cada um deles com movimentos rápidos e precisos.

"Voltem, feras!" ele gritou, e com um golpe final de sua espada, a matilha de cães fugiu, recuando para a floresta.

Rosemary, de olhos arregalados e trêmula, observou com admiração o jovem despachar os cães com notável habilidade. A tensão em seu corpo começou lentamente a diminuir quando ela percebeu que não estava mais em perigo imediato. Ela deu um suspiro de alívio e deu um passo à frente, com a voz cheia de gratidão.

"Obrigada", ela disse suavemente, com a voz embargada. "Não sei o que teria acontecido se você não tivesse vindo."

O jovem virou-se para ela, com um rosto gentil, mas com um ar de força silenciosa. Ele deu-lhe um sorriso gentil, que pareceu deixá-la à vontade apesar da situação.

"Não é nada", ele respondeu modestamente. "Eu ouvi seu choro e não pude ficar parado. Você está seguro agora."

Rosemary sentiu uma estranha sensação de admiração por ele. Ele era diferente de qualquer homem que ela já tinha visto. Alto e de ombros largos, ele parecia alguém treinado nas artes da batalha. Mas havia uma suavidade em seus olhos, uma bondade que desmentia o exterior de seu guerreiro. Ele era, em uma palavra, bonito — muito mais do que qualquer nobre que ela já conhecera.

"Eu sou Ferdinand", ele se apresentou, com uma voz calorosa e sincera. "Eu vim atrás do meu cordeiro e quando ouvi você pedindo ajuda, não pude deixar você enfrentar aqueles cães sozinho."

Rosemary, ainda atordoada pelo encontro, piscou surpresa. "Ferdinand? Meu nome é Rosemary", disse ela, com a voz firme. "Eu... eu corri atrás de uma lebre e me perdi. E então os cães... eles vieram atrás de mim. Nunca pensei que alguém viria ajudar."

Os olhos de Ferdinand suavizaram-se de simpatia quando ele olhou para ela. "Estou feliz por ter chegado quando cheguei", disse ele. "Parece que Deus me enviou aqui por um motivo."

Rosemary assentiu, com o coração cheio de gratidão. "Deve ter sido uma intervenção divina", ela sussurrou.

Ferdinand sorriu novamente, seu olhar demorando-se nela por mais um momento do que o necessário. "Ninguém deveria ficar sozinho na floresta à noite", disse ele. "Deixe-me ajudá-lo a encontrar o caminho de volta."

Os dois partiram juntos, caminhando em direção à aldeia. A viagem foi tranquila, apenas com o som de seus passos e o farfalhar ocasional das árvores. Rosemary sentiu uma estranha sensação de conforto na presença dele. Havia algo nele — algo reconfortante — que a fazia sentir-se segura, apesar das circunstâncias. Ela se viu olhando para ele mais de uma vez, admirando seu comportamento forte, mas gentil.

Enquanto caminhavam, passaram por um pequeno lago, cujas águas brilhavam sob a luz fraca do dia. A superfície estava pontilhada de nenúfares vibrantes, com pétalas em um tom rosa brilhante. Rosemary parou no meio do caminho, cativada pela visão.

"Olha", disse ela, apontando para os lírios. "Eles são tão lindos."

Ferdinand olhou para o lago e depois para ela. "Você quer um pouco?" ele perguntou, levantando uma sobrancelha.

Rosemary assentiu ansiosamente. "Eu adoraria um pouco."

Mas à medida que ela avançava em direção à água, ficou claro que ela teria que entrar na parte rasa para alcançar os lírios. Ferdinand, sempre um cavalheiro, rapidamente largou seu cordeiro e agiu para detê-la.

"Não, mocinha", disse ele com uma risada. "Eu vou pegá-los para você."

Rosemary sorriu, emocionada com sua gentileza. "Você é muito gentil, Ferdinand", ela disse suavemente. "Mas eu mesmo posso buscá-los."

"Não", ele insistiu, sua voz brincalhona. "Eu insisto. Você não deveria molhar os pés."

Com isso, Ferdinand entrou no lago, colhendo cuidadosamente os lírios para ela. Rosemary observou-o com o coração acelerado. Ela nunca tinha conhecido ninguém como ele antes e, por um momento, parecia que eles se conheciam há anos.

Quando ele voltou com os lírios, Rosemary tirou-os de suas mãos, roçando os dedos nos dele por um breve momento. Seus olhos se encontraram e, por um instante, o mundo ao seu redor pareceu desaparecer.

"Obrigada", ela disse, sua voz suave, mas cheia de calor. "Você foi tão gentil. Não sei como retribuir."

Ferdinand sorriu, seus olhos cheios de uma confiança silenciosa. "Não há necessidade de me retribuir", disse ele simplesmente. "Estou feliz por poder ajudar."

Juntos, eles continuaram a caminhar pela floresta, o vínculo entre eles crescendo a cada passo. Nenhum deles poderia saber, mas este foi o começo de algo muito maior – algo que mudaria suas vidas para sempre.

Capítulo 8: Os laços invisíveis do amor

O pé de Rosemary escorregou quando ela chegou muito perto da beira do lago e, num instante, ela foi arrastada, com o corpo mergulhando na água fria. O choque foi imediato e ela engasgou de horror enquanto lutava para se manter à tona. Ferdinand, que vinha andando atrás, avançou com velocidade impressionante e agarrou as mãos dela bem a tempo. Ele a puxou para fora da água, puxando-a de volta para terra firme com um movimento rápido. Apenas a cabeça e as mãos dela eram visíveis acima da superfície, mas foi o suficiente para fazer seu coração disparar de preocupação.

"Eu teria comprado para você", disse Ferdinand, sua voz uma mistura de alívio e exasperação. "Mas você não quis ouvir."

Rosemary, com o coração ainda batendo forte devido à experiência de quase afogamento, percebeu o quanto Ferdinand se importava com ela. Ela tinha visto o pânico em seus olhos quando ele estendeu a mão para ela, e isso a encheu de uma enorme sensação de gratidão. Ela agradeceu novamente por salvar sua vida, sua voz tremendo ligeiramente enquanto falava.

Mas então, algo estranho aconteceu. Ferdinand fez uma pausa, uma expressão de descrença cruzando seu rosto enquanto olhava ao redor deles. "Eu não acredito no que vejo..." ele murmurou, sua voz tingida de admiração e confusão.

Rosemary seguiu o olhar dele e seu coração disparou. O lago, que há poucos momentos era um corpo de água tranquilo, havia desaparecido. Em seu lugar não havia nada além de pastagens e arbustos, como se o lago nunca tivesse existido.

"O que é isso?" Ferdinand sussurrou, franzindo a testa em confusão.

Rosemary também ficou chocada. Ela não tinha explicação, mas o desconforto que se instalou em seu peito era palpável. Ela não sabia quem ou o que poderia ser responsável por um fenômeno tão estranho, mas parecia claro que eles estavam presos em algo muito além de sua compreensão.

"Eu confio em você", disse Ferdinand, seu olhar travado no dela. "Mas isso... isso é sobrenatural. Quem tentaria prejudicar alguém tão gentil e inocente quanto você?"

Rosemary, sentindo-se ao mesmo tempo confortada e perturbada pelas palavras dele, respirou fundo e começou a contar-lhe a sua história. Ela explicou quem ela era e o que a levou a esse estranho encontro na floresta. Ferdinand ouviu atentamente, sua expressão era uma mistura de descrença e preocupação. Quando ela terminou, ele balançou a cabeça, surpreso.

"Sir Gerald Evans", disse ele pensativamente, "é conhecido por sua bondade e honra. É uma honra ajudar sua filha. ao seu lado nesta sua missão."

Rosemary ficou emocionada com as palavras dele e mal conseguia acreditar que um completo estranho pudesse oferecer tanta lealdade e proteção. Parecia um sonho, quase maravilhoso demais para ser verdade.

"É um prazer", ela respondeu, com a voz suave e sonhadora, como se estivesse flutuando no ar.

Ferdinand sorriu, claramente satisfeito com a resposta dela. E pela primeira vez em muito tempo, Rosemary permitiu-se sentir-se verdadeiramente feliz. Parecia que os laços do destino já haviam começado a tecer sua história, uma história à qual ambos eram impotentes para resistir.

Eles se moveram rapidamente pela floresta, ansiosos para deixar para trás o mistério e o perigo que pareciam estar à espreita a cada passo. Fernando, sempre o protetor, fez uma linda guirlanda de flores silvestres e uma coroa feita com as flores mais deslumbrantes do vale. Ele colocou a guirlanda no cabelo de Rosemary e ela aceitou o presente com um sorriso que pareceu iluminar toda a floresta.

Eles continuaram a viagem e logo se depararam com um grupo de pastores conduzindo seus rebanhos em direção à aldeia. Os pastores, vendo Fernando com a bela jovem, imediatamente começaram a entoar canções em louvor ao seu amor. As melodias eram simples, mas cheias de alegria, e as canções pareciam elevar o ânimo de Ferdinand e Rosemary. O casal caminhava de mãos dadas, com os corações iluminados pela esperança de um futuro que nenhum deles havia previsto, mas que agora ambos ansiavam.

Ao entrarem na aldeia, a atmosfera era de cordialidade e comunidade. Os aldeões cumprimentaram Ferdinand e Rosemary com sorrisos, e havia uma sensação de celebração no ar, como se a união destes dois corações fosse esperada há anos. Os cantos dos pastores ecoavam pela aldeia, aumentando o encanto do momento.

Quando chegaram à casa da fazenda, foram recebidos por duas crianças pequenas – a sobrinha e o sobrinho de Ferdinand, Edward e Annie. As crianças, cheias de energia e entusiasmo, correram até Ferdinand, ansiosas para ver seu querido tio. Rosemary, ainda atordoada pelos acontecimentos do dia, observou com um sorriso gentil as crianças abraçarem Ferdinand de braços abertos.

Ferdinand recorreu a seu irmão Oswald e sua esposa para explicar o que havia acontecido. Ele contou-lhes sobre o perigo que ameaçava Rosemary, como a encontrou na floresta e a salvou dos cães. Ele falou do misterioso desaparecimento do lago e das estranhas forças em ação. Oswald e sua esposa ficaram encantados em conhecer Rosemary e a receberam em sua casa de braços abertos.

"Obrigada por tudo", disse Rosemary, com o coração cheio de gratidão. "Não sei como teria sobrevivido sem você."

Ferdinand, sempre humilde, acenou com um gesto de agradecimento. "Não foi nada", disse ele, com um sorriso caloroso. "Mas eu prometi ao seu pai que iria mantê-la segura. E pretendo fazer exatamente isso."

Com um último olhar de segurança, Ferdinand despediu-se de sua família e partiu para o Castelo do Mar, determinado a informar aos Evans que sua filha estava bem e em segurança. A viagem foi longa, mas seu coração estava leve, sabendo que Rosemary estava em boas mãos com sua família.

Enquanto isso, no Sea Castle, Sir Gerald e Lady Evans estavam profundamente desesperados. O baile, que era para ser uma celebração, transformou-se numa noite de preocupação e angústia. Sir Gerald mal conseguia conter a ansiedade, todos os seus pensamentos consumidos pelo desaparecimento da filha. Ele andou pelos corredores, sua mente correndo com possibilidades do que poderia ter acontecido com ela.

"Ela deve ter ficado no castelo", disse Lady Evans, tentando confortar o marido. "Ela provavelmente está apenas cansada da longa viagem."

Mas no fundo ela sabia que algo estava terrivelmente errado. A governanta também estava cheia de pavor, embora guardasse suas suspeitas para si mesma, com medo de aumentar a preocupação crescente. Ela se perguntou em voz alta se teria sido um cavalo selvagem quem havia derrubado Rosemary, mas manteve esses pensamentos ocultos, não querendo perturbar ainda mais a família.

À medida que a noite avançava, Sir Gerald ficou cada vez mais inquieto. Ele não tinha paz nem conforto, pois os pensamentos sobre a segurança de sua filha o atormentavam. Ele enviou homens para procurá-la, mas eles voltaram de mãos vazias. A governanta do Rock Castle negou ter visto Rosemary, e a confusão só aumentou.

As horas se prolongaram, cada momento parecendo mais longo que o anterior. Sir Gerald tinha pesadelos, sonhos vívidos e perturbadores em que sua filha estava em perigo — atacada por animais selvagens, sequestrada por estranhos ou pior. Ele não conseguia se livrar da sensação de pavor que se instalou em seu peito, e o sono lhe escapou completamente.

Lady Evans também estava nervosa. Ela passou a noite orando pelo retorno seguro de Rosemary, com os pensamentos consumidos pela preocupação pela filha. A governanta juntou-se a ela em oração, ambas esperando, contra todas as esperanças, que sua amada Rosemary voltasse para casa logo.

Capítulo 9: Um lugar de conforto

Rosemary nunca havia experimentado uma sensação de calor e segurança como na humilde casa de fazenda da família de Ferdinand. A atmosfera era simples, mas parecia mais um lar do que as paredes frias e imponentes de seu castelo real. Não foi apenas o conforto físico que a acalmou, mas a gentileza e o cuidado genuíno que recebeu das pessoas ao seu redor. Naquela noite, Rosemary compartilhou uma refeição modesta, mas deliciosa, com a família de Ferdinand, saboreando cada mordida. Estava muito distante dos banquetes suntuosos de sua vida no castelo, mas enchia seu coração de uma forma que aquelas indulgências reais nunca conseguiriam.

Aqui, na modesta casa da fazenda, ela se sentiu libertada. Não havia regras rígidas sobre como se comportar, nenhuma expectativa de decoro, nenhuma necessidade de sentar-se direito ou falar em um tom cuidadosamente comedido. Em vez disso, ela poderia relaxar e ser ela mesma. Não havia necessidade de fingimentos ou elegância forçada. Ela tinha a liberdade de rir, comer e conversar como qualquer outra mulher.

Ferdinand, o jovem que salvou sua vida, era tudo o que ela jamais imaginou que fosse um homem virtuoso. Aos vinte e quatro anos, já havia se tornado uma figura de admiração, conhecido por sua bravura, charme e intelecto. Sua aparência era a de um cavaleiro de armadura brilhante, não apenas na aparência, mas também no coração. Ele era um homem de grande educação, fluente em latim, grego, francês e inglês. Ele se comportava com graça e humildade, o que o tornava amado por todos que o conheciam.

Fernando também foi um homem marcado por dificuldades. Depois de perder os pais, ele foi criado por seu irmão mais velho, Oswald, e sua esposa, que o trataram como um de seus próprios filhos. O vínculo entre Fernando e sua família adotiva era de amor e respeito mútuo. Era evidente que ele havia aprendido com eles o verdadeiro significado da bondade e da generosidade, qualidades que o tornavam ainda mais desejável aos olhos de Rosemary.

Deitada na cama macia especialmente preparada para ela, Rosemary refletia sobre a simplicidade de sua vida na casa da fazenda. "Como é estranho", pensou ela, "encontrar tanta felicidade numa vida tão distante daquela que conheci." Sua vida como dama real foi repleta de luxo, mas também de restrições. Aqui, no calor da casa da fazenda, ela podia respirar livremente. Pela primeira vez, ela se sentiu mais como uma pessoa real do que como uma figura de proa.

A sala estava silenciosa, exceto pelos sons suaves da noite e pelo crepitar ocasional do fogo. Rosemary fechou os olhos, cheia de gratidão pela proteção que recebeu. Ela agradeceu a Deus por guiá-la até este lugar, por salvar sua vida e trazê-la para uma família que lhe mostrou tanta bondade. Seus pensamentos se voltaram para Ferdinand. Quanto mais ela pensava nele, mais ela percebia o quanto ele significava para ela. Ela sabia, sem dúvida, que nunca se sentiu tão viva como na presença dele.

Sua mente vagou, cheia de pensamentos de amor, gratidão e esperança. Ao adormecer, ela sussurrou uma oração pelo bem-estar da gentil família que abriu seus corações e seu lar para ela. Em seus sonhos, ela viu o rosto de Ferdinand, seus olhos gentis e seu sorriso gentil, e sentiu uma sensação avassaladora de paz tomar conta dela.

Capítulo 10: Um vislumbre de esperança

A lua estava alta no céu quando Ferdinand finalmente chegou ao Castelo do Mar, trazendo consigo a tão esperada notícia sobre a segurança de Rosemary. Passava pouco das onze quando ele entrou no grande salão, e a atmosfera no castelo estava pesada de ansiedade. Sir Gerald e Lady Evans estiveram nervosos a noite toda, e sua preocupação aumentava a cada hora que passava. Mas no momento em que souberam que a filha estava bem, seus rostos se iluminaram de alívio.

Ferdinand explicou como Rosemary foi resgatada da matilha de cães e agora estava se recuperando no conforto da fazenda de sua família. Ele também transmitiu a mensagem dela: que ela estava muito cansada e fraca para viajar de volta naquela noite, mas voltaria para casa no dia seguinte.

Sir Gerald e Lady Evans ficaram radiantes com a notícia. Eles oraram pelo retorno seguro da filha e suas orações foram atendidas. A governanta também chorava, cheia de gratidão pelo fato de a jovem que ela cuidava como se fosse sua ter sido poupada do perigo.

Sir Gerald, em sua gratidão, presenteou Ferdinand com uma espada magnífica, decorada com pedras preciosas. Foi um sinal de agradecimento por sua bravura e pela maneira nobre como protegeu a filha. Fernando, sempre humilde, aceitou o presente com gratidão. Sir Gerald ficou satisfeito ao saber que Ferdinand era irmão de Oswald – o mesmo Oswald que era conhecido pela sua bondade e generosidade na aldeia. Oswald também era o proprietário de terras mais rico da região, e Sir Gerald agradou saber que foi o irmão de tal homem quem salvou Rosemary.

A família Evans insistiu que Ferdinand passasse a noite, oferecendo-lhe uma refeição e uma hospitalidade irrecusáveis. Ao sentar-se à mesa, desfrutando da comida quente e da companhia, Ferdinand sentiu uma profunda sensação de paz. Apesar da turbulência dos últimos dias, ficou claro que a família de Rosemary estava grata e gentil, e ele se sentia afortunado por estar na companhia deles.

Ao longo da noite, Sir Gerald planejou organizar um grande banquete em homenagem ao retorno de sua filha. Ferdinand, é claro, seria o convidado de honra, celebrado por suas ações cavalheirescas e pelo papel que desempenhou no salvamento de sua amada Rosemary. Ferdinand, no entanto, estava perdido em seus próprios pensamentos, com o coração pesado com o conhecimento da missão secreta de Rosemary.

Ele havia prometido protegê-la, mas sabia que a jornada dela para a Ilha da Paz estava repleta de perigos. O mistério que cercava a missão dela o preocupava desde que soube dela. Parecia uma tarefa impossível, que a levaria ao desconhecido. No entanto, apesar das suas preocupações, Fernando estava decidido. Ele ficaria ao lado dela durante tudo, oferecendo sua proteção e apoio. Não importa quão estranha ou perigosa sua missão pudesse parecer, ele estava determinado a levá-la até o fim.

À medida que a noite avançava e era oferecido a Ferdinand um lugar para descansar, ele não conseguia afastar a sensação de que este era apenas o começo de uma aventura muito maior – uma aventura que testaria sua coragem e seu amor por Rosemary. Mas independentemente dos desafios que tinha pela frente, ele sabia que estava pronto para enfrentá-los. Por Rosemary, ele iria a qualquer lugar, faria qualquer coisa. Ele estava ligado a ela, não apenas pela promessa que havia feito, mas pelo vínculo profundo e inegável que compartilhavam.

A noite no Castelo do Mar foi de emoções confusas. Enquanto a família Evans se regozijava com o retorno da filha, Ferdinand ficou acordado, preocupado com as incógnitas da jornada que tinha pela frente. A missão de Rosemary, embora envolta em mistério, tornou-se o centro dos seus pensamentos. Ele a salvou uma vez, mas sabia que o caminho dela não seria fácil. No entanto, quaisquer que fossem os desafios que o aguardavam, ele estava determinado a enfrentá-los, pois havia percebido algo profundo no pouco tempo que se conheciam: ele amava Rosemary e faria qualquer coisa para garantir sua segurança e felicidade.

Capítulo 11: A Melodia Encantadora

Rosemary ficava no coração do magnífico jardim, um lugar que parecia quase sobrenatural em sua beleza. Era um jardim como nenhum outro, repleto de flores exóticas de todas as cores e formas imagináveis. O ar estava perfumado com o perfume das flores, e as próprias flores pareciam brilhar com a primeira luz do amanhecer. Gotas de orvalho brilhavam nas pétalas enquanto o sol subia mais alto no céu, lançando um tom dourado na paisagem. O chilrear dos pássaros enchia o ar, e seus cantos aumentavam o encanto do lugar. Foi um cenário de serenidade e harmonia, onde o próprio tempo parecia desacelerar.

Enquanto Rosemary caminhava pelo jardim, sua mente divagava, absorvendo a beleza do momento. "Este deve ser um dos lugares mais bonitos do planeta", pensou ela, com o coração cheio de admiração. O jardim estava cheio de cores e sons, cada canto mais mágico que o anterior. Mas apesar da beleza que a cercava, seus pensamentos estavam fixos em uma coisa: Ferdinand. Ela estava esperando ansiosamente por ele, esperando que ele chegasse logo para continuar a jornada que haviam iniciado juntos.

Enquanto caminhava, sua atenção foi atraída para o canto das cotovias ao longe. Suas doces melodias pareciam elevar seu espírito e, antes que ela percebesse, ela estava cantarolando junto com elas. Sua voz, suave e melódica, logo se juntou ao coro do canto dos pássaros, enchendo o ar com seu som encantador. Ela se viu sentada perto de um lago tranquilo no centro do jardim, cercada por cisnes que deslizavam graciosamente na água. O lago era emoldurado por exuberantes plantas floridas, com cores tão vibrantes quanto o céu da manhã. Rosemary, perdida na beleza do momento, começou a cantar.

"Deixe-me ver os teus olhos,
Enquanto eu estiver vivo,
Deixe-me fazer uma retrospectiva,
Antes que minhas memórias morram.
Deixe-me segurar seu braço,
E andar por aí com charme…"

A voz dela fluía sem esforço, como se a música tivesse sido escrita apenas para aquele momento. Os pássaros também pareciam parar e ouvir, cativados pela voz melódica da jovem. O jardim, vivo com os sons da natureza, agora ecoava com a beleza assombrosa da canção de Rosemary. Ela cantou o dia todo, com o coração cheio de saudade enquanto esperava a chegada de Ferdinand. Mas quando o sol começou a se pôr, lançando longas sombras sobre o jardim, ela ficou preocupada. O céu noturno se aprofundou em um rico tom de laranja e, ainda assim, não havia sinal dele.

Quando a escuridão caiu e as estrelas começaram a brilhar acima, Rosemary retirou-se para o seu quarto, mas o sono não veio. Ela se mexeu e virou, seus pensamentos consumidos pelo mistério da ausência de Ferdinand. Incapaz de descansar, ela se levantou da cama e foi até a janela, olhando para o céu enluarado. Ela deixou seus pensamentos vagarem novamente e, antes que percebesse, começou a cantar mais uma vez.

"Deixe-me ver seu rosto,
Antes que eu acorde,
Deixe-me viver meu sonho,
O céu enluarado espera.

Oh, deixe-me segurar seu braço,
Antes de desistir do meu sonho..."

Sua voz, suave e assustadora, parecia atravessar o ar parado da noite, misturando-se aos sussurros do vento. Mas enquanto ela cantava, uma sensação estranha tomou conta dela – uma sensação de confusão, como se as próprias palavras não fossem dela. Ela parou, subitamente consciente de que não estava mais no controle da música. Parecia que os versos vinham de outro mundo, falando de coisas que ela ainda não conseguia entender. Com um sobressalto, Rosemary pulou da cama, o estado de sonho se despedaçando ao seu redor. Foi então que ela percebeu que tudo tinha sido um sonho – uma visão, talvez, mas não real.

Quando o amanhecer começou a raiar e os primeiros raios de luz penetraram em seu quarto, Rosemary se viu totalmente acordada. Ela não sentiu vontade de dormir mais, sua mente ainda estava repleta da estranha canção e das imagens de Ferdinand que ela vira em seu sonho. Quando ela saiu do quarto, ficou surpresa ao descobrir que a casa já estava ocupada, todos acordados como se nada tivesse mudado. Era uma manhã normal, mas para Rosemary tudo parecia diferente. O sonho ainda permanecia em sua mente, como se de alguma forma tivesse preenchido a lacuna entre a realidade e a fantasia, e ela não conseguia afastar a sensação de que algo importante estava para acontecer.

Capítulo 12: Uma Reunião Alegre

Lady Oswald foi a primeira a cumprimentar Rosemary naquela manhã, oferecendo-lhe ajuda na preparação para o dia seguinte. Ela entregou a Rosemary um lindo vestido, que ela guardava para ocasiões especiais. O vestido era uma obra-prima, adornado com intrincados desenhos florais que faziam parecer que a própria essência do jardim havia sido tecida no tecido. Rosemary vestiu o vestido e, quando olhou para seu reflexo, ficou maravilhada com o quão linda ele a fazia se sentir. O vestido caiu perfeitamente nela, acentuando sua graça e beleza naturais. Era uma roupa digna de uma princesa, e ela não podia deixar de se sentir como uma princesa com ela.

Ao sair, Rosemary viu Ferdinand cavalgando em direção à casa da fazenda. Ele parecia um nobre, montado em seu cavalo com a elegância da realeza. Sua presença era imponente e, ainda assim, havia um calor nele que o tornava ainda mais irresistível. Atrás dele, a família Evans seguia em uma esplêndida carruagem, acompanhada por seus homens. A procissão foi de grande importância e ficou claro que Sir Gerald e Lady Evans vieram mostrar sua gratidão pela hospitalidade e proteção que receberam de Oswald e sua família.

Quando a carruagem chegou à casa da fazenda, Oswald e sua esposa receberam Sir Gerald e Lady Evans com o maior respeito, recebendo-os de braços abertos. As crianças também presentearam lindos buquês de flores aos convidados, e a família Evans os recebeu com sorrisos e carinho. O reencontro foi sincero e as emoções aumentaram quando Rosemary abraçou o pai e a madrasta. Houve lágrimas de alegria e alívio e, pela primeira vez, no que pareceu uma eternidade, Rosemary sentiu o calor do amor de sua família ao seu redor.

Sua madrasta, Lady Evans, abraçou Rosemary com carinho e carinho. Foi um momento de profunda conexão, pelo qual Rosemary ansiava. Ela sempre soube que Lady Evans a amava, mas agora, mais do que nunca, podia sentir isso em cada toque, em cada palavra. O vínculo entre eles era inegável e Rosemary ficou grata pelo amor e carinho que recebeu.

Sir Gerald, comovido pela gentileza de Oswald e de sua esposa, expressou sua profunda gratidão. Ele lhes agradeceu por protegerem sua filha e os convidou para se juntarem à família para um grande banquete à noite. Seria uma celebração não só do regresso seguro de Rosemary, mas também da bondade e generosidade demonstradas por Ferdinand e pela sua família. Sir Gerald insistiu que Ferdinand fosse homenageado por sua coragem e ficou satisfeito quando Oswald e sua família aceitaram o convite.

A reunião foi cheia de alegria e risadas e, à medida que o dia avançava, Sir Gerald e seu grupo se prepararam para partir para o Castelo do Mar. Oswald e sua esposa, tendo feito seus planos para o banquete, observaram a carruagem desaparecer ao longe. As crianças acenaram adeus, com os corações cheios de esperança no futuro. Ferdinand também ficou em silêncio, com o olhar fixo na carruagem enquanto ela desaparecia de vista. Foi um momento de reflexão para ele e, embora estivesse ali com sua família, seus pensamentos estavam consumidos pelo que estava por vir. A jornada que iniciaram estava longe de terminar e o caminho à frente prometia ser repleto de desafios e triunfos. Mas, por enquanto, ele poderia se consolar com o fato de que Rosemary estava segura e cercada por aqueles que a amavam.

À medida que o sol se punha no horizonte, os acontecimentos do dia pareciam um sonho – um sonho que Rosemary levaria sempre consigo. Era um novo começo e, fosse qual fosse o futuro, ela sabia que havia encontrado um lugar ao qual realmente pertencia.

Capítulo 13: Aviso de um amigo

Em sua galeria iluminada pelo sol, Rosemary trabalhou delicadamente em uma pintura, capturando cada detalhe da imagem de Ferdinand. O pincel dela deslizou sobre a tela, dando vida às feições dele, como se ele estivesse bem diante dela. A pintura estava quase concluída quando um rosto familiar apareceu – Lenore Winkle, sua melhor amiga, havia chegado sem avisar. O coração de Rosemary se alegrou com a visão e os dois se abraçaram, sua amizade reacendeu depois de semanas separados.

No entanto, Lenore parecia distante, seu comportamento geralmente brilhante ofuscado por um ar de preocupação. Rosemary percebeu a mudança imediatamente, sua felicidade misturada com preocupação. Finalmente, Lenore falou, sua voz cheia de desconforto.

"Rosemary," Lenore começou, seu tom sério. "Há algo que preciso lhe contar. Ouvi coisas preocupantes sobre as relações de meu pai com a Bruxa da Floresta Negra. Ele está discutindo algo valioso - uma caixa de pérolas, que pertence a você. Ele acredita que pode ser perigoso nas mãos erradas e quer tirá-lo de você antes que a bruxa tente algo drástico. Aparentemente, ela não pode acessar a Ilha da Paz sem ele. Pior ainda, ele teme que ela possa prejudicá-lo em sua busca para obtê-lo.

Lenore fez uma pausa, organizando seus pensamentos. "E tem mais. Fala-se de um homem - um 'escolhido' - que protege você dela. Na presença dele, o poder dela fica enfraquecido e ela não pode tocar em você. Para sua segurança, imploro que você deixe ir da caixa de pérolas."

Uma risada suave e incrédula escapou de Rosemary. Ela tranquilizou Lenore, explicando o significado do "escolhido" e, com um floreio, revelou sua pintura quase finalizada. "Este é ele, Lenore", disse ela, mostrando-lhe o retrato de Ferdinand. "Ele é o único."

Alívio e alegria tomaram conta do rosto de Lenore quando ela olhou para a imagem pintada de Ferdinand. Ela parabenizou Rosemary, por sua felicidade genuína, e prometeu manter a amiga em seus pensamentos e orações. Eles passaram o resto da tarde conversando e relembrando, gratos por esta oportunidade de se reconectarem depois que o pai de Lenore, Sir Gray Winkle, os manteve inexplicavelmente separados.

Capítulo 14: Uma Celebração no Sea Castle

O Castelo do Mar ganhou vida com a conversa dos nobres convidados. O grande salão de banquetes brilhava sob a luz de centenas de velas, iluminando rostos ansiosos por conhecer Ferdinand, o jovem que arriscara tudo para proteger Rosemary. Entre os convidados, Sir Gray Winkle parecia o mais nervoso, com o olhar mudando constantemente, como se esperasse por algo ou alguém.

Rosemary fez uma entrada graciosa, seu vestido brilhando à luz, fazendo-a parecer quase etérea. Sua madrasta, Lady Evans, guiou-a para dentro da sala. À medida que avançavam no meio da multidão, as cabeças se viraram e os olhos seguiram Rosemary, cativados por sua beleza e elegância.

Então, as portas se abriram para revelar Ferdinand e sua família. Ferdinand estava vestido impecavelmente, e seu charme e equilíbrio naturais faziam com que ele parecesse o herói que era. Sir Gerald Evans, pai de Rosemary, cumprimentou-os calorosamente, e sua gratidão ficou evidente na maneira como falou com Ferdinand e sua família. Sir Gray Winkle, junto com muitos outros, olhavam com admiração.

A noite foi repleta de risadas, música e histórias compartilhadas. Rosemary apresentou Ferdinand ao seu círculo de amigos, e particularmente a Lenore, cujo rosto se iluminou ao finalmente conhecer o homem que tanto significava para sua amiga. Ela assistiu com silenciosa satisfação enquanto Rosemary apresentava Ferdinand aos outros, uma felicidade silenciosa brilhando em seus olhos.

Por fim, Rosemary levou Ferdinand à sua galeria, ansiosa para mostrar-lhe a pintura que havia criado dele. Diante do retrato, Ferdinand ficou surpreso. "Você me capturou tão bem", disse ele, maravilhado com o talento dela. "É como se você tivesse pintado não apenas meu rosto, mas meu espírito."

A alegria de Rosemary foi amenizada apenas pela seriedade do que Lenore havia confidenciado anteriormente. Ela contou o aviso da amiga e os rumores sobre as intenções malévolas da bruxa. Juntos, saíram para o jardim, onde a beleza da noite parecia estar em desacordo com a incerteza que pairava sobre eles.

Enquanto discutiam sobre a misteriosa caixa de pérolas e ponderavam o que deveriam fazer, uma perturbação inesperada encheu o ar. O trovão retumbou e os relâmpagos cruzaram o céu, lançando sombras misteriosas sobre o jardim. Então, uma voz suave e melódica ecoou pelo ar, parecendo vir do nada e de todos os lugares ao mesmo tempo.

"Rosemary, a escolhida", chamou a voz. "Diga ao seu pai que você deve embarcar em uma viagem com sua governanta Laura e Ferdinand como seu protetor. Vá para a praia; lá, um barco estará esperando por você em uma enseada isolada. Confie nas correntes oceânicas - elas irão guiá-lo com segurança para a Ilha da Paz. Fernando deve permanecer ao seu lado até que sua jornada esteja completa, pois ele está destinado a ser mais do que seu protetor - ele deve ser seu marido.

A voz desapareceu, deixando Rosemary e Ferdinand em um silêncio atordoado. O significado da mensagem era claro e, no entanto, o mistério que rodeava a sua missão parecia apenas aprofundar-se. Depois de um momento, eles trocaram um olhar, concordando silenciosamente que deveriam agir rapidamente.

Eles correram de volta para o castelo, onde Rosemary procurou o pai.

Capítulo 15: Viagem ao Desconhecido

Rosemary abordou seu pai, Sir Gerald Evans, com um pedido que pesou muito em seu coração. Ela pediu permissão para embarcar em uma viagem, uma missão pelo bem-estar das pessoas de uma ilha próxima que a esperavam desesperadamente. Seu pai ouviu atentamente, sua expressão era uma mistura de orgulho e preocupação. Ele hesitou, relutante em deixá-la ir, mas quando Rosemary mencionou que Ferdinand estaria ao seu lado, ele suavizou-se e concedeu-lhe permissão, embora com relutância.

Sir Gerald, junto com Lady Evans e os Oswalds, acompanharam Rosemary, Ferdinand e sua governanta Laura até o riacho isolado onde um pequeno barco os esperava. O ar estava repleto de uma sensação de solenidade enquanto observavam o grupo partir. Sir Gerald e Lady Evans permaneceram na praia, os olhos acompanhando o barco enquanto ele se afastava para o mar até se tornar apenas um ponto no horizonte.

Sem o conhecimento deles, Sir Gray Winkle tinha seus próprios planos. Observando das sombras, ele rapidamente seguiu para outro barco, correndo para seu iate escondido com uma intenção sinistra. A bruxa da Floresta Negra prometeu-lhe uma recompensa substancial se ele pudesse trazer-lhe a misteriosa caixa de pérolas que Rosemary possuía. Para conseguir isso, ele planejou enganar Rosemary fazendo-a acreditar que a caixa era amaldiçoada e perigosa. Seus homens conduziram o iate em direção ao barco do grupo, mas a natureza tinha outros planos. Uma tempestade repentina e violenta surgiu, empurrando o iate de volta ao porto. Frustrado e derrotado, Sir Grey abandonou sua perseguição e seguiu pela floresta, indo em direção ao covil da bruxa para confessar seu fracasso. Mal sabia ele, a bruxa estava observando cada movimento seu através de seu globo encantado.

Enquanto isso, Rosemary e seus companheiros navegaram sem serem perturbados, sem saber da tempestade que havia frustrado a perseguição de Sir Grey. O mar estava calmo ao redor deles, guiando-os pacificamente como se por uma mão invisível. Em menos de uma hora chegaram à costa da ilha. Saindo do barco, eles se viram cercados por pedras e árvores altas, sem sinais imediatos de vida humana. Determinados a encontrar algum sinal de civilização, eles se aventuraram nas profundezas da densa floresta da ilha.

Sua exploração pacífica logo foi interrompida pelo rugido de feras distantes, um som que ecoou pelas árvores e causou arrepios em Rosemary. Ela olhou em volta, assustada, e seu primeiro instinto foi voltar para o barco. Mas quando voltaram ao riacho, o barco havia sumido, deixando-os encalhados. O medo tomou conta de seus corações enquanto eles se perguntavam se isso era uma armadilha preparada por alguém com intenções sombrias.

Fernando, no entanto, permaneceu implacável. Ele desembainhou sua espada, sua postura equilibrada e pronta para qualquer ameaça que pudesse surgir em seu caminho. Rosemary agarrou a caixa de pérolas com força, os nós dos dedos pálidos enquanto rezava silenciosamente pela segurança de Ferdinand. Ele avançou com determinação silenciosa, afastando-os da costa e aproximando-os dos sons dos animais selvagens. Ele avançou com cautela, com Rosemary e Laura logo atrás, os rostos pálidos de medo, mas confiando em sua proteção.

À medida que avançavam, os sentidos de Ferdinand permaneciam aguçados, preparado para defender seus companheiros contra qualquer perigo. Cada passo os levava mais fundo no desconhecido, mas a bravura de Ferdinand inspirou Rosemary a manter a calma, mesmo com o coração disparado pela incerteza.

Capítulo 16: Esquemas nas Sombras

À medida que o sol se punha no horizonte, lançando longas sombras sobre a terra, Sir Gray Winkle finalmente chegou à caverna da bruxa, escondida nas profundezas da floresta. A caverna emanava uma energia misteriosa e não natural, mas Sir Grey engoliu o medo e entrou, preparando-se para enfrentar a ira dela.

A bruxa o cumprimentou com um sorriso de escárnio, sua voz cheia de sarcasmo. "Bem-vindo, Rei dos Covardes", ela zombou, com os olhos brilhando de desprezo.

Sir Grey abriu a boca para explicar a tempestade que frustrou seus planos, mas a bruxa o interrompeu com um rugido furioso. "Você me considera um idiota?" ela retrucou. "Eu vi tudo. Seus esforços patéticos foram nada menos que uma vergonha. Você deixou que uma simples tempestade o detivesse quando ordenei que recuperasse a caixa, mesmo que isso significasse tirar a vida de Rosemary!

"Mas", ele gaguejou, com um tremor de medo na voz, "ela é como uma filha para mim. Eu não poderia machucá-la.

Os olhos da bruxa brilharam de fúria enquanto ela avançava em direção a ele. "Não me fale de fraqueza, seu verme miserável!" ela cuspiu. "Saia da minha vista antes que eu transforme você em pó!"

Suas palavras cortaram o ar como uma faca, e Sir Grey cambaleou para trás, o rosto pálido de medo. Derrotado e humilhado, ele recuou da caverna, com os ombros caídos. Ao voltar para o Castelo do Mar, o arrependimento corroeu seu coração. Pela primeira vez, ele rezou silenciosamente pela segurança de Rosemary e Ferdinand, esperando que permanecessem fora do alcance dos poderes sombrios da bruxa.

Capítulo 17: Descobertas Encantadas

Ferdinand, Rosemary e Laura espiaram cautelosamente através de uma espessa parede de arbustos, e a cena que se apresentava diante deles os deixou sem fôlego. Junto a um lago sereno, leões descansavam ao lado de ovelhas, bois misturavam-se com cavalos e até crocodilos se deliciavam pacificamente nas margens, observando a reunião tranquila. Animais que eram inimigos naturais pareciam estar unidos aqui numa harmonia além da imaginação.

"Isso poderia ser o paraíso?" Rosemary sussurrou, com os olhos arregalados de admiração.

"Isso é notável", respondeu Ferdinand, igualmente fascinado. "Eu nunca poderia ter sonhado com um lugar assim."

Naquele momento, um majestoso cavalo-marinho – uma criatura mística da qual Rosemary só havia falado em histórias – correu em direção a ela com alegria. Ela engasgou, reconhecendo a criatura de seus contos de infância e compartilhando sua excitação com Ferdinand, que ficou profundamente comovido com a visão.

Mas as surpresas não terminaram aí. O cavalo-marinho parou diante deles, empinou-se e, com voz de comando, proclamou: "Que as promessas da Rainha das Ostras sejam cumpridas pelo poder da Caixa de Pérolas".

De repente, a caixa de pérolas nas mãos de Rosemary começou a tremer. Assustada, ela instintivamente jogou-o no ar. A caixa quebrou no meio do voo, espalhando pérolas brilhantes em todas as direções. Um som estrondoso ecoou pelos céus, relâmpagos cruzaram os céus e uma luz intensa e radiante envolveu a ilha, forçando-os a fechar os olhos.

Quando abriram os olhos, o silêncio cobriu a ilha. Eles se viram cercados por um mar de pérolas, tão densamente espalhadas que o chão mal era visível. E como se fosse conjurada por magia, a ilha antes vazia agora fervilhava de gente. Esses ilhéus estavam adornados com finas joias de pérolas e curvaram-se diante de Ferdinand e Rosemary com reverência. Para surpresa do casal, cada um agora usava uma coroa de pérolas reluzentes.

Enquanto isso, em uma caverna escura no continente, a bruxa que conspirou contra Rosemary e Ferdinand olhou para seu globo encantado, apenas para vê-lo quebrar em suas mãos. Num piscar de olhos, ela desapareceu, tão impotente quanto um pingente de gelo em meio a uma fogueira, vencida pela magia divina da caixa.

Ferdinand, Rosemary e Laura ficaram tão atordoados com essa transformação sobrenatural que as palavras lhes escaparam. O povo da ilha, cheio de gratidão, organizou uma celebração real para homenagear os seus novos líderes. Eles conduziram o grupo até uma magnífica carruagem puxada por cavalos brancos imaculados, que os levou até o coração da ilha e em direção a um grande palácio que parecia brilhar sob o brilho do sol.

Uma vez dentro do palácio, o padre da ilha abordou Ferdinand e Rosemary. Ele revelou que eram eles os governantes profetizados que trariam prosperidade à ilha, cumprindo as promessas feitas pela Rainha das Ostras. Ele gentilmente os incentivou a se casarem e governarem a ilha como rei e rainha, um pedido recebido com surpresa e admiração.

Três anciãos então se adiantaram para compartilhar uma história que foi transmitida através de gerações – uma história com quase 300 anos de idade, que contém a chave para a história desta ilha misteriosa. Ferdinand e Rosemary ouviram atentamente, cativados pela lenda que norteou o destino desta ilha e do seu povo.

Capítulo 18: A Lenda do Reino Pacífico

O primeiro ancião falou, sua voz ecoando pelo grande salão. "Trezentos anos atrás, nossa ilha era governada por um rei sábio e nobre chamado Goodwill. Ele foi um líder pacífico, um homem forte e compassivo, que trouxe grande riqueza e harmonia ao nosso povo. No entanto, faltava-lhe um herdeiro e as riquezas da nossa ilha tornavam-na vulnerável à inveja e à agressão de estrangeiros."

Os olhos do ancião brilharam de orgulho enquanto ele continuava: "Apesar dos perigos, o Rei Boa Vontade adorava explorar. A cada viagem ele voltava com tesouros e conhecimentos de terras distantes. Numa dessas viagens, os mares ficaram estranhamente calmos, mas o seu navio foi repentinamente sacudido como se por forças invisíveis. Vozes estranhas encheram o ar, clamando por salvação em meio a rugidos selvagens e ecoantes."

Outro ancião deu um passo à frente para continuar a história. "Foi então que um polvo monstruoso emergiu das profundezas do oceano. Caçava ostras em grande número, devastando as próprias criaturas responsáveis pela criação das pérolas. Entre eles estava a própria Rainha das Ostras, implorando por ajuda, pois o polvo gigante ameaçava aniquilar o seu reino."

"Os gritos da Rainha atingiram o coração do rei, e ele resolveu proteger as ostras. Ele e sua tripulação lutaram bravamente e, após uma batalha feroz, o rei conseguiu matar o polvo, mas não antes de ele desferir uma ferroada mortal. A Rainha das Ostras emergiu das ondas, com o rosto cheio de gratidão."

O mais velho baixou a cabeça, contando as palavras da Rainha. "'Nobre Rei', disse ela, 'você salvou meu reino da destruição e, por isso, eu abençoo sua ilha. Doravante, nenhum sangue será derramado em suas costas. Leões e outros animais comerão grama e viverão pacificamente entre os homens. O povo da sua terra será honesto e até mesmo o menor roubo será desconhecido."

O segundo ancião acrescentou: "A Rainha das Ostras abençoou o povo do Rei Boa Vontade com paz e pureza. Ela predisse que a ilha seria protegida dos inimigos pelas correntes oceânicas e pelas tempestades e permaneceria sem governo por três séculos. Então, quando chegasse a hora certa, um cavalo-marinho traria um príncipe e uma princesa escolhidos, que carregariam uma caixa de pérolas – um sinal da promessa da Rainha. Esta caixa traria prosperidade à ilha e uniria os governantes escolhidos que dariam início a uma era de paz."

O terceiro ancião, com olhar solene, assumiu a história. "Ao retornar, o rei contou essa história ao seu povo. Ele adoeceu com a picada do polvo e faleceu após meses de sofrimento. Desde então, nossos ancestrais aguardaram o cumprimento da profecia, contando a história dos governantes escolhidos que viriam para trazer paz e prosperidade."

À medida que os mais velhos concluíam a história, Rosemary e Ferdinand trocaram olhares, compreendendo a profundidade da sua ligação a esta ilha e ao seu povo. Eles concordaram com o pedido do padre, mas com uma condição: desejavam convidar suas famílias para compartilharem sua alegre união. O sacerdote e o povo, muito felizes, concordaram prontamente, pois também eles estavam ansiosos para receber a família dos seus novos governantes.

Os ilhéus regozijaram-se, emocionados com o cumprimento da antiga profecia. Com Ferdinand e Rosemary como rei e rainha, a Ilha da Paz estava preparada para entrar numa nova era, cheia de esperança, harmonia e prosperidade sem limites. E assim, no meio de uma ilha envolta em pérolas e bênçãos, o cenário estava montado para um reino diferente de qualquer outro – uma terra onde o amor, a paz e a unidade reinariam para sempre.

Capítulo 19: Uma Reunião Alegre e um Casamento Real

Quando os primeiros raios do amanhecer surgiram no horizonte, um navio preparou-se para deixar o porto da ilha pela primeira vez em três séculos. Sete ilhéus, carregando pergaminhos importantes, navegaram em direção ao continente para entregar mensagens a Sir Gerald e Oswald. A jornada deles foi guiada pelo destino e pelo propósito, e eles ficaram satisfeitos ao encontrar o Castelo do Mar a uma curta distância da costa, brilhando com a luz da manhã.

Os guardas do castelo, surpreendidos pelos visitantes, informaram rapidamente a Sir Gerald Evans que haviam chegado mensageiros com notícias de sua amada filha, Rosemary. Sir Gerald acolheu calorosamente os visitantes, ansioso por receber a sua mensagem. Abrindo o pergaminho, ele leu as palavras sinceras de Rosemary descrevendo sua jornada notável, os tesouros da ilha e seu novo dever como Rainha. Com alegria em suas palavras, Rosemary solicitou a bênção de seu pai para seu casamento com Fernando e seu papel como Rainha da ilha.

Entregada a mensagem, a família Evans e os mensageiros partiram juntos em direção à casa da fazenda de Oswald em duas esplêndidas carruagens. Quando Oswald e sua esposa viram a família Evans chegando, seus rostos se iluminaram, embora uma pitada de decepção tenha tremeluzido quando perceberam que Ferdinand não estava com eles. A alegria deles retornou, porém, ao lerem o pergaminho, aprendendo sobre as aventuras de Fernando e seu destino na ilha. Os mensageiros garantiram-lhes que um navio os aguardava, pronto para levá-los à ilha para o casamento e a coroação.

Sem demora, Sir Gerald e Oswald decidiram viajar para a ilha naquela mesma noite, acompanhados por suas famílias. Os dois grupos embarcaram em barcos que os levaram em segurança até o navio. Ao cair da noite, o navio zarpou, embarcando numa viagem até à ilha para realizar os sonhos de Rosemary e Ferdinand.

Na manhã seguinte, quando o navio se aproximava do porto, Ferdinand, Rosemary e o povo da ilha reuniram-se para dar as boas-vindas aos primeiros visitantes que viam em mais de trezentos anos. Os ilhéus prepararam duas magníficas carruagens, adornadas com guirlandas e símbolos da paz, para acompanhar os convidados até ao palácio. Sir Gerald e Lady Evans ficaram impressionados ao admirar a beleza mágica do Cavalo Marinho, que os surpreendeu ao falar, expressando gratidão por sua gentileza.

Uma vez resolvido, o padre abordou a família Evans e os outros convidados para discutir o momento do casamento. Foi decidido que Ferdinand e Rosemary se casariam no dia seguinte. Os convidados foram então conduzidos aos seus luxuosos quartos, cada quarto preparado com elegância, homenageando o reencontro e o início de uma nova era para a ilha.

Ao longo do dia, os ilhéus prepararam-se para o casamento real, fazendo de cada arranjo um símbolo do cumprimento da promessa da Rainha das Ostras. O povo regozijou-se, sentindo que um novo capítulo brilhante estava a desenrolar-se na sua ilha – um capítulo de amor, paz e prosperidade.

Capítulo 20: Um Casamento para Unir Dois Mundos

Na manhã seguinte, a ilha fervilhava de expectativa. Toda a comunidade reuniu-se em frente à antiga igreja da ilha, ansiosa por testemunhar o casamento real. O coro de crianças cantou uma melodia alegre, enchendo o ar com uma sensação de unidade e esperança à medida que a carruagem nupcial se aproximava.

Quando Rosemary saiu, a multidão ficou boquiaberta. Ela estava radiante, uma visão em seu traje de casamento, o véu caindo em cascata atrás dela como uma névoa de luz da manhã. As crianças, cheias de alegria e admiração, carregavam a longa cauda do seu véu, aumentando a atmosfera mágica. Através do delicado tule, seu rosto brilhava com o calor e o brilho da felicidade, como a lua vislumbrada através de uma nuvem suave e translúcida.

Sir Gerald acompanhou orgulhosamente sua filha até o altar. Uma música suave tocava enquanto caminhavam e sinos tocavam suavemente no alto, marcando cada passo em direção a um novo começo. Os convidados assistiram admirados, cativados pela beleza serena do momento.

No altar estava Fernando, esperando sua noiva. Sua presença alta e cavalheiresca irradiava força e nobreza, e ele parecia incorporar o espírito de um cavaleiro valente, calmo, mas resoluto. Quando Rosemary se juntou a ele, a multidão ficou maravilhada com o casal ideal que formavam, cada um um reflexo perfeito da graça e coragem do outro.

O padre da ilha oficiou a cerimónia, concedendo a Ferdinand e Rosemary não apenas o vínculo do casamento, mas também o título de Rei e Rainha. Foi uma união não apenas de duas pessoas, mas de dois mundos, cada um trazendo esperança e luz ao outro.

Após o casamento, um grande banquete aguardava os convidados no majestoso salão do palácio, lindamente adornado para a ocasião. Retratos do Rei Goodwill e dos seus antecessores revestiam as paredes, cada um deles uma lembrança da nobre história da ilha. Sir Gerald maravilhou-se com a grandiosidade do salão, orgulhoso de que o retrato da sua filha se juntaria em breve aos dos grandes governantes da ilha, marcando o início de um novo legado.

Enquanto todos se preparavam para o banquete, o padre contou mais uma vez a lenda da Ilha da Paz, partilhando a história inspiradora com os convidados que eram novos na sua magia. A história da bravura do Rei Goodwill e das bênçãos concedidas pela Rainha das Ostras encheu a sala de admiração. Sir Gerald, ao ouvir a história de uma terra onde a paz reinava e o conflito era desconhecido, sentiu imenso orgulho e alegria por sua filha fazer agora parte de um reino tão único e nobre.

Erguendo a taça, Sir Gerald ofereceu sua bênção aos recém-casados, desejando-lhes uma vida longa, cheia de paz e prosperidade. E naquele momento, enquanto os ilhéus celebravam a união dos seus novos Rei e Rainha, ficou claro que as promessas da Rainha das Ostras tinham realmente se concretizado. A Ilha da Paz recuperou a sua antiga glória e o seu futuro parecia mais brilhante do que nunca.

Capítulo 21 Uma Ascensão Real

Após três séculos de silêncio, o grande salão do palácio transbordava de excitação e expectativa. Os ilhéus, que esperaram pacientemente pelo cumprimento das antigas promessas da Rainha das Ostras, reuniram-se agora para testemunhar a coroação dos seus novos Rei e Rainha. Ferdinand e Rosemary, o casal escolhido cujas ações trouxeram a prosperidade de volta à ilha, logo ascenderiam aos tronos da Ilha da Paz.

Vestidos com vestes elegantes, Ferdinand e Rosemary caminharam pelo corredor central, de mãos dadas. Seu comportamento calmo e digno inspirou a admiração dos espectadores ao se aproximarem dos tronos, símbolos de um legado que permaneceu adormecido por gerações. Com um sorriso solene, o padre deu-lhes as boas-vindas, com a voz firme enquanto conduzia o casal através dos votos tradicionais. Com mãos gentis, ele colocou as coroas reais sobre suas cabeças, declarando-os formalmente Rei Fernando e Rainha Alecrim. Nas mãos de Fernando, ele colocou um cajado que brilhava com um brilho celestial, um símbolo de sua autoridade recém-adquirida e da promessa ininterrupta de paz.

"Viva o rei Fernando!" proclamou o padre, sua voz ecoando pelo salão. As pessoas responderam em uníssono, as suas vozes elevando-se com reverência.

"E viva a Rainha Rosemary!" o padre continuou, e mais uma vez a multidão se juntou, suas vozes eram um coro de lealdade e esperança.

Ferdinand e Rosemary trocaram olhares, emocionados com a importância da ocasião. A jornada deles até hoje foi repleta de desafios e provações, mas aqui estavam eles, o cumprimento da antiga profecia da ilha. A cerimônia suntuosa e a devoção avassaladora do povo pareciam surreais, como se estivessem presos em um lindo sonho.

Em reconhecimento à abundância da ilha, o tesouro do palácio transbordou de pérolas brilhantes – um testemunho da prosperidade que regressou à ilha. Os ilhéus também possuíam pérolas que estavam além de suas possibilidades de armazenamento, um presente das profundezas do mar que marcou a restauração da harmonia.

Em seu primeiro ato como rei, Fernando estendeu a mão ao mundo além das costas da ilha. Ele solicitou formalmente que Sir Gerald e Oswald servissem como embaixadores, levando um convite a Sua Majestade, a Rainha da Inglaterra, para visitar a ilha recém-renascida. O convite, um pergaminho com o selo de Fernando, era uma ponte entre a ilha e o resto do mundo. Ele presenteou Sir Gerald e Oswald com três caixas ornamentadas cheias de joias de pérolas requintadas, presentes do povo da ilha, para oferecer a Sua Majestade como símbolo de boa vontade.

Além dos presentes para a Rainha, Fernando estendeu a sua gratidão às famílias que o apoiaram e a Rosemary. Ele apresentou três caixas de tesouros de pérolas aos Evans e três aos Oswalds. As famílias aceitaram estas lembranças com carinho, gratas pela honra e profundamente comovidas pelo gesto da ilha.

Capítulo 22: A Viagem de Despedida

Com a coroação concluída e o futuro da ilha garantido, era hora do mágico Cavalo-marinho retornar ao mar. Com a missão cumprida, o Cavalo-Marinho preparou-se para se despedir dos seus novos Rei e Rainha. Ao aproximar-se da costa, inclinou a cabeça majestosa, abençoando Ferdinand e Rosemary uma última vez. Lágrimas brotaram dos olhos de Rosemary enquanto ela observava a magnífica criatura entrar lentamente nas águas, sua forma brilhante uma visão de força e graça.

A multidão reunida engasgou quando o Cavalo-marinho começou a se transformar, sua forma majestosa diminuindo gradualmente até se tornar um pequeno e delicado cavalo-marinho mais uma vez. Na sua forma final, o Cavalo-marinho nadou até às profundezas do mar, desaparecendo no horizonte. Sir Gerald e Lady Evans, que estavam por perto, maravilharam-se com a transformação, encantados com a despedida mística. Eles não puderam deixar de pensar na sorte que sua filha teve por ter compartilhado um vínculo tão mágico com uma criatura lendária.

Antes de partir, Rosemary fez um pedido sincero à sua governanta para que permanecesse na ilha com ela. A governanta, emocionada com o apelo de Rosemary, consentiu de bom grado, optando por ficar ao seu lado neste novo capítulo de sua vida.

Finalmente chegou o dia de os Evans, os Oswalds e os demais convidados deixarem a ilha. Embarcaram no navio que os levaria de volta a Inglaterra, partindo com boas recordações e um profundo respeito pela ilha e pelo seu povo. Os ilhéus, demonstrando a mesma gentileza com que receberam os seus hóspedes, disponibilizaram barcos para transportá-los em segurança até ao navio. Carregados com caixas de presente cheias de enfeites de pérolas, os ilhéus garantiram que todas as caixas chegassem ao Castelo do Mar sem incidentes antes de se despedirem dos convidados que partiam.

Lady Oswald, acompanhada por seus filhos, Edward e Annie, tomou uma esplêndida carruagem organizada por Sir Gerald para a viagem de volta ao Castelo do Mar. Com os corações cheios de gratidão, levaram consigo não só as memórias da ilha, mas também os belos presentes de jóias de pérolas, que lhes foram dados como símbolo do apreço pela ilha.

Ao chegar ao castelo, Lady Evans examinou cuidadosamente as três caixas de tesouros de pérolas, maravilhando-se com a beleza intrincada de cada peça. Ao usar as pérolas, ela sentiu uma profunda sensação de alegria e orgulho, valorizando esses presentes como lembranças da terra mágica que sua filha agora governava.

Com pouco tempo a perder, Sir Gerald e Oswald prepararam-se para entregar o convite da ilha à Rainha da Inglaterra. Juntos, partiram determinados a partilhar a maravilha da Ilha da Paz com o mundo além das suas costas.

Capítulo 23: Um Encontro Real

Ao chegar à Inglaterra, Sir Gerald e Oswald tiveram uma audiência com Sua Alteza Real, a Rainha. Ao entrarem no grande salão, eles apresentaram as três caixas primorosamente decoradas, cheias de deslumbrantes joias de pérolas – um presente do Rei Fernando e da Rainha Alecrim da Ilha da Paz. Os cavalheiros contaram a história da ilha, um lugar onde humanos e criaturas selvagens viviam em harmonia, intocados pela violência ou pelo derramamento de sangue, e onde o povo passou a valorizar a paz como o seu valor mais sagrado.

A Rainha ouviu atentamente, sua expressão mudando da curiosidade para a admiração genuína enquanto aprendia sobre os costumes únicos da ilha. A noção de uma terra onde não se derramava sangue e onde até as feras coexistiam pacificamente com os humanos cativou a sua imaginação. Ela ficou comovida com o relato do Rei Fernando e da Rainha Rosemary, líderes de um reino tão notável. Com profundo respeito, a Rainha aceitou o convite para visitar esta extraordinária ilha, bem como as magníficas pérolas, que reconheceu como símbolos da abundante paz e prosperidade da ilha.

Por sua vez, Sua Majestade expressou sua gratidão com seus próprios presentes luxuosos: ouro, pedras preciosas raras e artefatos preciosos, cada item cuidadosamente selecionado como uma homenagem ao Rei e à Rainha da Ilha da Paz. Impressionados com a sua bondade e generosidade, Sir Gerald e Oswald transmitiram os seus sinceros agradecimentos e partiram com grandes esperanças, ansiosos por partilhar a resposta da Rainha com os seus amados Rei e Rainha.

Regressando à ilha, os embaixadores transmitiram com alegria a aceitação do convite pela Rainha e entregaram-lhe presentes. O Rei Fernando e a Rainha Rosemary ficaram profundamente comovidos com a boa vontade e o apoio da Rainha. O calor e a sinceridade da troca simbolizaram uma aliança promissora entre a Ilha da Paz e a Inglaterra.

Capítulo 24: A Visita da Rainha e o Tratado de Paz

Sua Alteza Real, a Rainha da Inglaterra, finalmente fez a tão esperada viagem para a Ilha da Paz. À medida que o seu navio se aproximava da costa, a visão que a saudava era encantadora – uma paisagem vibrante banhada pela luz do sol, onde uma vegetação luxuriante encontrava o mar e criaturas selvagens vagavam livremente entre as pessoas. Ferdinand e Rosemary acolheram-na de braços abertos, a sua alegria evidente enquanto a guiavam pelo mundo harmonioso da ilha.

A Rainha ficou cativada pela tranquilidade da ilha e ficou impressionada ao ver animais vagando sem medo entre as pessoas. Não havia cercas ou correntes, nem sentido de hierarquia entre as espécies, apenas uma paz colectiva que permeava todos os cantos da terra. Tocada pelo que testemunhou, a Rainha sentiu-se inspirada a proteger este lugar excepcional contra quaisquer ameaças que pudessem perturbar a sua serenidade. Assim, ela prometeu a proteção do seu reino e assinou um tratado de paz, garantindo que a Inglaterra ficaria ao lado da ilha em momentos de necessidade.

Além do tratado de paz, a Rainha e o Rei Fernando concordaram em uma aliança comercial. Esta parceria prometia uma troca de pérolas por bens preciosos, o que enriqueceria ainda mais tanto a Inglaterra como a Ilha da Paz. Ao assinar estes acordos, a Rainha fez uma declaração que honraria para sempre a reputação da ilha, declarando-a "o lugar mais pacífico da Terra". A sua admiração pela ilha era tão profunda que prometeu voltar frequentemente, ansiosa por experimentar a sua tranquilidade incomparável sempre que possível.

Esta nova aliança levou a uma era de abundância para os ilhéus. Eles trocavam pérolas por produtos raros vindos de longe, aumentando sua prosperidade. Sua terra foi abençoada com flores perfumadas e coloridas florescendo por toda parte, enchendo o ar com um perfume suave e doce. Os campos produziam colheitas abundantes e pastagens exuberantes se estendiam por toda a ilha, proporcionando pastagens abundantes para os animais. Como nenhum dos animais era predador, eles vagavam juntos pacificamente, prosperando num ecossistema definido pelo equilíbrio e pelo respeito mútuo.

Capítulo 25: Um Reino de Harmonia Duradoura

Com o passar dos dias, a ilha floresceu além do que se poderia imaginar. As correntes oceânicas e os ventos fortes atuaram como guardiões naturais, afastando piratas e visitantes indesejados. Só quem tinha boas intenções conseguiu chegar às suas costas, atraído pela sua reputação de local de tranquilidade e prosperidade. Países de terras distantes logo procuraram relações pacíficas com a Ilha da Paz, levando a tratados adicionais que fortaleceram a sua posição como uma terra respeitada e próspera. Estes acordos proibiam estritamente qualquer comércio ou venda de animais, protegendo a amada vida selvagem que se tornou uma parte preciosa da identidade da ilha.

A cada estação que passava, a beleza da ilha continuava a crescer. O povo, contente e seguro, usufruiu dos frutos do seu trabalho e da riqueza da sua terra. Os cantos alegres dos pássaros da ilha tornaram-se uma melodia constante, preenchendo cada momento com uma harmonia alegre que parecia refletir a própria alma da própria ilha.

Os Evans e os Oswalds voltavam frequentemente para visitar Ferdinand e Rosemary, que os recebiam de coração aberto. Oswald, que ascendeu em estatura política na Inglaterra, não era mais apenas um rico proprietário de terras, mas uma figura respeitada e com influência. O vínculo deles com o Rei e a Rainha permaneceu forte, um testemunho das amizades duradouras que floresceram na ilha.

A governanta de Rosemary, Laura, optou por permanecer na ilha a pedido de Rosemary, servindo como sua conselheira jurídica e companheira leal. Sua sabedoria provou ser inestimável para ajudar Rosemary a navegar em seu novo papel como Rainha. No entanto, quando a família de Sir Gerald se expandiu com o nascimento do seu filho, Richmond Evans, Laura regressou a Inglaterra após um ano, pronta para sustentar a família mais uma vez.

Sob o governo sábio e compassivo do Rei Fernando e da Rainha Rosemary, a Ilha da Paz continuou a prosperar, estabelecendo um exemplo para outras nações. A sua reputação como um reino de paz e abundância só cresceu, atraindo admiração de todo o mundo. Enquanto reinaram, Ferdinand e Rosemary valorizaram a ilha e o seu povo, governando com bondade e integridade. Juntos, eles viveram em harmonia com os seus súbditos, o seu amor um pelo outro e o seu reino cimentaram um legado de paz que seria lembrado pelas gerações vindouras.

O FIM

As edições e o layout desta versão impressa são protegidos por Copyright © 2024
Por Jéssica Hintz

Milton Keynes UK
Ingram Content Group UK Ltd.
UKHW021014291124
451807UK00015B/1241